TERPSÍCORE

MACHADO
DE ASSIS

TERPSÍCORE

Posfácio de **Davi Arrigucci Jr.**

Ilustrações de **Larissa de Souza**

Terpsícore, musa da dança, transforma silêncio e sons em movimento. Filha de Mnemósine e Zeus, percorre o tempo com sua lira e inspira o corpo a ser instrumento de comunicação. Por onde passa, o espaço se organiza em ritmo – dançar com Terpsícore é levar o sagrado para o gesto humano.

Glória, abrindo os olhos, deu com o marido sentado na cama, olhando para a parede, e disse-lhe que se deitasse, que dormisse, ou teria de ir para a oficina com sono.

— Que dormir o que, Glória? Já deram seis horas.

— Jesus! Há muito tempo?

— Deram agora mesmo.

Glória arredou de cima de si a colcha de retalhos, procurou com os pés as chinelas, calçou-as, e levantou-se da cama; depois, vendo que o marido ali ficava na mesma posição, com a cabeça entre os joelhos, chegou-se a ele, puxou-o por um braço, dizendo-lhe carinhosamente que não se amofinasse, que Deus arranjaria as coisas.

— Tudo há de acabar bem, Porfírio. Você mesmo acredita que o senhorio bote os nossos trastes no Depósito? Não acredite; eu não acredito. Diz aquilo para ver se a gente arranja o dinheiro.

— Sim, mas é que eu não arranjo, nem sei onde hei de buscar seis meses de aluguel. Seis meses, Glória; quem é que me há de emprestar tanto dinheiro? Seu padrinho já disse que não dá mais nada.

— Vou falar com ele.

— Qual, é à toa.

— Vou, peço-lhe muito. Vou com mamãe; ela e eu pedindo...

Porfírio abanou a cabeça.

— Não, não — disse ele. — Você sabe o que é melhor? O melhor é arranjar casa por estes dias, até sábado; mudamo-nos e depois então veremos se se pode pagar. Seu padrinho o que podia era dar uma carta de fiança... Diabo! Tanta despesa! Conta em toda a parte! É a venda! É a padaria! É o diabo que os carregue. Não posso mais. Gasto todo o santo dia manejando a ferramenta, e o dinheiro nunca chega. Não posso, Glória, não posso mais...

Porfírio deu um salto da cama e foi preparar--se para sair, enquanto a mulher, lavada a cara às pressas, e despenteada, cuidou de fazer-lhe o almoço. O almoço era sumário: café e pão. Porfírio engoliu-o em poucos minutos, na ponta da mesa de pinho, com a mulher defronte, risonha de esperança para animá-lo. Glória tinha as feições

irregulares e comuns; mas o riso dava-lhe alguma graça. Nem foi pela cara que ele se enamorou dela; foi pelo corpo, quando a viu polcar, uma noite, na rua da Imperatriz. Ia passando e parou defronte da janela aberta de uma casa onde se dançava. Já achou na calçada muitos curiosos. A sala, que era pequena, estava cheia de pares, mas pouco a pouco foram-se todos cansando ou cedendo o passo à Glória.

— Bravos à rainha! — exclamou um entusiasta.

Da rua, Porfírio cravou nela uns olhos de sátiro, acompanhou-a em seus movimentos lépidos, graciosos, sensuais, mistura de cisne e de cabrita. Toda a gente dava lugar, apertava-se nos cantos, no vão das janelas, para que ela tivesse o espaço necessário à expansão das saias, ao tremor cadenciado dos quadris, à troca rápida dos giros, para a direita e para a esquerda. Porfírio misturava já à admiração o ciúme; tinha ímpetos de entrar e quebrar a cara ao sujeito que dançava com ela, rapagão alto e espadaúdo, que se curvava todo, cingindo-a pelo meio.

No dia seguinte acordou resoluto a namorá-la e desposá-la. Cumpriu a resolução em pouco tempo, parece que um semestre. Antes, porém, de casar, logo depois de começar o namoro, Porfírio tratou de preencher uma lacuna da sua educação; tirou dez mil réis mensais à féria do ofício, entrou para um curso de dança, onde aprendeu a valsa, a mazurca, a polca e a quadrilha francesa. Dia sim, dia não, gastava ali duas horas por noite, ao som de um oficlide e de uma flauta, em companhia de alguns rapazes e de meia dúzia de costureiras magras e cansadas. Em pouco tempo estava

mestre. A primeira vez que dançou com a noiva foi uma revelação: os mais hábeis confessavam que ele não dançava mal, mas diziam isso com um riso amarelo e uns olhos muito compridos. Glória derretia-se de contentamento.

Feito isso, tratou ele de ver casa e achou esta em que mora, não grande, antes pequena, mas adornada na frontaria por uns arabescos que lhe levaram os olhos. Não gostou do preço, regateou algum tempo, cedendo ora dois mil réis, ora um, ora três, até que, vendo que o dono não cedia nada, cedeu ele tudo.

Tratou das bodas. A futura sogra propôs-lhe que fossem a pé para a igreja, que ficava perto; ele rejeitou a proposta com seriedade, mas em particular com a noiva e os amigos riu da extravagância da velha; uma coisa que nunca se viu, noivos, padrinhos, convidados, tudo a pé, à laia de procissão; era caso de levar assobio. Glória explicou-lhe que a intenção da mãe era poupar despesas. Que poupar despesas? Mas se num dia grande como esse não se gastava alguma coisa, quando é que se havia de gastar? Nada; era moço, era forte, trabalho não lhe metia medo. Contasse ela com um bonito coupé, cavalos brancos, cocheiros de farda até abaixo e galão no chapéu.

E assim se cumpriu tudo; foram bodas de estrondo, muitos carros, baile até de manhã. Nenhum convidado queria acabar de sair; todos forcejavam por fixar esse raio de ouro, como um hiato esplêndido na velha noite do trabalho sem tréguas. Mas acabou; o que não acabou foi a lembrança da festa, que perdurou na memória de todos e servia de termo de comparação para as outras festas do bairro ou de pessoas conhecidas. Quem emprestou dinheiro para tudo isso foi o padrinho do casamento, dívida que nunca lhe pediu depois e lhe perdoou à hora da morte.

Naturalmente, apagadas as velas e dormidos os olhos, a realidade empolgou o pobre marceneiro, que a esquecera por algumas horas. A lua de mel foi como a de um simples duque: todas se parecem, em substância; é a lei e o prestígio do amor. A diferença é que Porfírio voltou logo para a tarefa de todos os dias. Trabalhava sete e oito horas numa loja. As alegrias da primeira fase trouxeram despesas excedentes, a casa era cara, a vida foi se tornando áspera, e as dívidas foram vindo, sorrateiras e miudinhas, agora dois mil réis, logo cinco, amanhã sete e nove. A maior de todas era a da casa, e era também a mais urgente, pois o senhorio marcara-lhe o prazo de oito dias para o pagamento, ou metia-lhe os trastes no Depósito.

Tal é a manteiga com que ele vai untando agora o pão do almoço. É a única e tem já o ranço da miséria que se aproxima. Comeu às pressas e saiu, quase sem responder aos beijos da mulher. Vai tonto, sem saber que faça; as ideias batem-lhe na cabeça à maneira de pássaros espantados dentro de uma gaiola. Vida dos diabos! Tudo caro! Tudo pela hora da morte! E os ganhos eram sempre os mesmos. Não sabia onde iria parar se as coisas não tomassem outro pé; assim é que não podia continuar. E soma as dívidas: tanto aqui, tanto ali, tanto acolá, mas perde-se na conta ou deixa-se perder de propósito, para não encarar todo o mal. De caminho, vai olhando para as casas grandes, sem ódio – ainda não tem ódio às riquezas –,

mas com saudade, uma saudade de coisas que não conhece, de uma vida lustrosa e fácil, toda alagada de gozos infinitos...

Às aves-marias, voltando à casa, achou Glória abatida. O padrinho respondeu-lhe que eles tinham as mãos rotas e não dava mais nada enquanto fossem um par de malucos.

— Mas o que dizia eu a você, Glória? Para que é que você foi lá? Ou então era melhor ter pedido uma carta de fiança para outro senhorio... Par de malucos! Maluco é ele!

Glória aquietou-o e falou-lhe de paciência e resolução. Agora, o melhor era mesmo ver outra casa mais barata, pedir uma espera e depois arranjar meios e modos de pagar tudo. E paciência, muita paciência. Ela pela sua parte contava com a madrinha do céu. Porfírio foi ouvindo, estava

já tranquilo; nem ele pedia outra coisa mais que esperanças. A esperança é a apólice do pobre; ele ficou abastado por alguns dias.

No sábado, voltando para a casa com a féria no bolso, foi tentado por um vendedor de bilhetes de loteria, que lhe ofereceu dois décimos das Alagoas, os últimos. Porfírio sentiu uma coisa no coração, um palpite, vacilou, andou, recuou e acabou comprando. Calculou que, no pior caso, perdia dois mil e quatrocentos; mas podia ganhar, e muito, podia tirar um bom prêmio e arrancava o pé do lodo, pagava tudo, e talvez ainda sobrasse dinheiro. Quando não sobrasse, era bom negócio. Onde diabo iria ele buscar dinheiro para saldar tanta coisa? Ao passo que um prêmio, assim inesperado, vinha do céu. Os números eram bonitos. Ele, que não tinha cabeça aritmética, já os levava de cor.

Eram bonitos, bem combinados, principalmente um deles, por causa de um cinco repetido e de um nove no meio. Não era certo, mas podia ser que tirasse alguma coisa.

Chegando à casa – na rua de São Diogo –, ia mostrar os bilhetes à mulher, mas recuou; preferiu esperar. A roda andava dali a dois dias. Glória perguntou-lhe se achara casa; e, no domingo, disse-lhe que fosse ver alguma. Porfírio saiu, não achou nada e voltou sem desespero. De tarde, perguntou rindo à mulher o que é que ela lhe daria se ele lhe trouxesse naquela semana um vestido de seda. Glória levantou os ombros. Seda não era para eles. E por que é que não havia de ser? Em que é que as outras moças eram melhores que ela? Não fosse ele pobre, e ela andaria de carro...

— Mas é justamente isso, Porfírio; nós não podemos.

Sim, mas Deus às vezes também se lembra da gente; enfim, não podia dizer mais nada. Ficasse ela certa de que tão depressa as coisas... Mas não; depois falaria. Calava-se por superstição; não queria assustar a fortuna. E mirando a mulher, com olhos derretidos, despia-lhe o vestido de chita, surrado e desbotado, e substituía-o por outro de seda azul – havia de ser azul –, com fofos ou rendas, mas coisa que mostrasse bem a beleza do corpo da mulher... E esquecendo-se, em voz alta:

— Corpo como não há de haver muitos no mundo.

— Corpo quê, Porfírio? Você parece doido — disse Glória, espantada.

Não, não era doido, estava pensando naquele corpo que Deus lhe deu a ela... Glória torcia-se na cadeira, rindo, tinha muitas cócegas; ele retirou as mãos e lembrou-lhe o acaso que o levou uma noite a passar pela rua da Imperatriz, onde a viu dançando, toda dengosa. E, falando, pegou dela pela cintura e começou a dançar com ela, cantarolando uma polca; Glória, arrastada por ele, entrou também a dançar a sério, na sala estreita, sem orquestra nem espectadores. Contas, aluguéis atrasados, nada veio ali dançar com eles.

Mas a fortuna espreitava-os. Dias depois, andando a roda, um dos bilhetes do Porfírio saiu premiado, tirou quinhentos mil réis. Porfírio, alvoroçado, correu para a casa. Durante os primeiros minutos não pôde reger o espírito. Só

deu acordo de si no Campo da Aclamação. Era ao fim da tarde; iam-se desdobrando as primeiras sombras da noite. E os quinhentos mil réis eram como outras tantas mil estrelas na imaginação do pobre diabo, que não via nada, nem as pessoas que lhe passavam ao pé, nem os primeiros lampiões, que se iam acendendo aqui e ali. Via os quinhentos mil réis. Bem dizia ele que havia de tirar o pé do lodo; Deus não desampara os seus. E falava só resmungando, ou então ria; outras vezes dava ao corpo um ar superior. Na entrada da rua de São Diogo achou um conhecido que o consultou sobre o modo prático de reunir alguns amigos e fundar uma irmandade de São Carlos. Porfírio respondeu afoitamente:

— A primeira coisa é ter em caixa, logo, uns duzentos ou trezentos mil réis.

Atirava assim quantias grandes, embriagava-se de centenas. Mas o amigo explicou-lhe que o primeiro passo era reunir gente, depois viria dinheiro; Porfírio, que já não pensava nisso, concordou e foi andando. Chegou a casa, espiou pela janela aberta, viu a mulher cozendo na sala, ao candeeiro, e bradou-lhe que abrisse a porta. Glória correu à porta assustada, ele quase que a deita no chão, abraçando-a muito, falando, rindo, pulando, tinham dinheiro, tudo pago, um vestido; Glória perguntava o que era, pedia-lhe que se explicasse, que sossegasse primeiro. Que havia de ser? Quinhentos mil réis. Ela não quis crer; onde é que ele foi arranjar quinhentos mil réis? Então Porfírio contou-lhe tudo, comprara dois décimos, dias antes, e não lhe disse nada, a ver primeiro se saía alguma coisa; mas estava certo que saía; o coração nunca o enganou.

Glória abraçou-o então com lágrimas. Graças a Deus, tudo estava salvo. E chegaria para pagar as dívidas todas? Chegava: Porfírio demonstrou-lhe que ainda sobrava dinheiro e foi fazer as contas com ela, ao canto da mesa. Glória ouvia em boa-fé, pois só sabia contar por dúzias; as centenas de mil réis não lhe entravam na cabeça. Ouvia em boa-fé, calada, com os olhos nele, que ia contando devagar para não errar. Feitas as contas, sobravam perto de duzentos mil réis.

— Duzentos? Vamos botar na Caixa.

— Não contando — acudiu ele —, não contando certa coisa que hei de comprar; uma coisa... Adivinha o que é?

— Não sei.

— Quem é que precisa de um vestido de seda, coisa chique, feito na modista?

— Deixa disso, Porfírio. Que vestido, o quê? Pobre não tem luxo. Bota o dinheiro na Caixa.

— O resto boto; mas o vestido há de vir. Não quero mulher esfarrapada. Então, pobre não veste? Não digo lá comprar uma dúzia de vestidos, mas um, que mal faz? Você pode ter necessidade de ir a alguma parte, assim mais arranjadinha. E, depois, você nunca teve um vestido feito por francesa.

Porfírio pagou tudo e comprou o vestido. Os credores, quando o viam entrar, franziam a cara; ele, porém, em vez de desculpas, dava-lhes dinheiro, com tal naturalidade que parecia nunca ter feito outra coisa. Glória ainda opôs resistência ao vestido; mas era mulher, cedeu ao adorno e à moda. Só não consentiu em mandá-lo fazer. O preço do feitio e o resto do dinheiro deviam ir para a Caixa Econômica.

— E por que é que há de ir para a Caixa? — perguntou ele, ao fim de oito dias.

— Para alguma necessidade — respondeu a mulher.

Porfírio refletiu, deu duas voltas, chegou-se a ela e pegou-lhe no queixo; esteve assim alguns instantes, olhando fixo.

Depois, abanando a cabeça:

— Você é uma santa. Vive aqui metida no trabalho; entra mês, sai mês, e nunca se diverte: nunca tem um dia que se diga de refrigério. Isso até é mau para a saúde.

— Pois vamos passear.

— Não digo isso. Passear só não basta. Se passear bastasse, cachorro não morria de lepra —

acrescentou ele, rindo muito da própria ideia. — O que eu digo é outra coisa. Falemos franco, vamos dar um pagode.

Glória opôs-se logo, instou, rogou, zangou-se; mas o marido tinha argumentos para tudo. Contavam eles com esse dinheiro? Não; podiam estar como dantes, devendo os cabelos da cabeça, ao passo que assim ficava tudo pago, e divertiam-se. Era até um modo de agradecer o benefício a Nosso Senhor. Que é que se levava da vida? Todos se divertiam; os mais reles sujeitos achavam um dia de festa; eles é que haviam de gastar os anos como se fossem escravos? E ainda ele, Porfírio, espairecia um pouco, via na rua uma coisa ou outra; ela, porém, o que é que via? Nada, não via nada; era só trabalho e mais trabalho. E depois, como é que ela havia de estrear o vestido de seda?

— No dia da Glória, vamos à festa da Glória.

Porfírio refletiu um instante.

— Uma coisa não impede a outra — disse ele. — Não convido muita gente, não; patuscada de família; convido o Firmino e a mulher, as filhas do defunto Ramalho, a comadre Purificação, o Borges...

— Mais ninguém, Porfírio; isso basta.

Porfírio esteve por tudo, e pode ser que sinceramente; mas os preparativos da festa vieram agravar a febre, que chegou ao delírio. Queria festa de estrondo, coisa que desse o que falar. No fim de uma semana eram trinta os convidados. Choviam pedidos; falava-se muito do pagode que o Porfírio ia dar, e do prêmio que ele tirara na loteria, uns diziam dois contos de réis, outros três, e ele, interrogado, não retificava nada, sorria, evitava responder; alguns concluíam que os contos eram quatro, e ele sorria ainda mais, cheio de mistérios.

Chegou o dia. Glória, iscada da febre do marido, vaidosa com o vestido de seda, estava no mesmo grau de entusiasmo. Às vezes, pensava no dinheiro e recomendava ao marido que se contivesse, que salvasse alguma coisa para pôr na Caixa; ele dizia que sim, mas contava mal, e o dinheiro ia ardendo... Depois de um jantar simples e alegre, começou o baile, que foi de estrondo, tão concorrido que não se podia andar.

Glória era a rainha da noite. O marido, apesar de preocupado com os sapatos – novos e de verniz –, olhava para ela com olhos de autor. Dançaram muitas vezes, um com o outro, e a opinião geral é que ninguém os desbancava; mas dividiam-se com os convidados, familiarmente. Deram três, quatro, cinco horas. Às cinco havia um terço das pessoas, velha guarda imperial, que o Porfírio comandava, multiplicando-se, gravata ao lado, suando em bica, concertando aqui umas flores, arrebatando ali uma criança que ficara a dormir a um canto e indo levá-la para a alcova, alastrada de outras. E voltava logo batendo palmas, bradando que não esfriassem, que um dia não eram dias, que havia tempo de dormir em casa.

Então o oficlide roncava alguma coisa, enquanto as últimas velas expiravam dentro das mangas de vidro e nas arandelas.

Obras do acaso

Davi Arrigucci Jr., 1996

É uma dádiva do acaso que um continho, feito dessa poesia ligeira associada à musa da dança, Terpsícore, tenha se desgarrado das obras completas de Machado de Assis para vir dar hoje em nossas mãos, depois de tantos anos esquecido numa página de jornal. Burlando o tempo e decerto os especialistas, que não são poucos, escapou também à fugacidade das gazetas, cujo melhor encanto, no dizer do próprio Machado, está na hora em que aparecem. O fato é que temos aqui a pequena obra-prima – e tão viçosa como tantas outras que saíram da pena do grande contista.

Publicada na *Gazeta de Notícias* em 25 de março de 1886, deve mesmo ter sido escrita por essa época, pois revela traços de tom, estilo e estrutura das melhores histórias que escreveu entre 1880 e 1900. Ainda mais, teve sorte de guardar-se para o leitor de agora, depois de quase um século de literatura moderna, pois mostra certas características que aprendemos a identificar com essa literatura, tornando palpável a presença viva de Machado de Assis em nosso tempo.

A refinada arte de contar histórias do velho bruxo se acha de fato toda aqui, muito embora falte a bisbilhotice costumeira do autor intruso, que, de resto, também está ausente de outros contos. Vem substituído por um modo de narrar na forma dramática da cena direta e do estilo indireto livre, dando voz às personagens, desde o início apresentadas em ação. Esse modo flaubertiano da história que se conta a si mesma, raro nele, que prefere a técnica da intrusão irônica à maneira de escritores do século XVIII, como Sterne ou Voltaire, é logo compensado por outros traços tipicamente machadianos. Na naturalidade e leveza do diálogo e na caracterização dissonante das personagens, notam-se a força ferina do grande escritor e sua poderosa habilidade em juntar, com agudeza e graça, os aspectos desencontrados da realidade e do modo de ser, compondo com eles uma estrutura complexa, ambígua e sugestiva, em que muita coisa permanece em aberto, sob a ordem aparente até e depois do arremate final.

O conto resume a vida de um casal pobre, Porfírio e Glória, que se encontra na dança e na dança joga sua possibilidade de sair do aperto da pobreza, aparentemente preferindo divertir-se gastando a poupar, sem que se saiba ao certo o grau de deliberação consciente, delírio ou erro de cálculo que interfere nesse ato. O fato é que assim procedem, fazendo arder no vestido de seda da mulher e na festa de estrondo, lotada de convidados, o dinheiro que o acaso da loteria trouxera ao marido.

Embora a narrativa tenha início numa cena posterior, o fio da história começa com o encontro do casal, cuja motivação nasce ainda da imagem da mulher na dança. Nesta, o corpo de Glória, que ao mover-se tudo move, vem caracterizado pela inesquecível "mistura de cisne e de cabrita", para a delícia de Porfírio, que casualmente a vê dançando. Ao cravar nela os "olhos de sátiro", acende-se o desejo que decide seu destino.

A ousadia dessa revelação da carne e do espírito, assim como do destino, no momento casual em que ele para por um instante na rua da Imperatriz, diante de uma janela que dá para a moça dançando e seu futuro, põe toda a história sob o ritmo da arte ligeira de *Terpsícore*. E, dessa forma, o desenvolvimento narrativo é administrado com economia, passos leves e admirável precisão pelo narrador, funcionando como um espectador neutro, para quem a arte de compor o conto se colocasse ela própria sob o signo da dança. Não é à toa que, no baile final, Porfírio, que vai de espectador a marido e criador da festança, olha para a mulher com "olhos de autor", espelhando o processo profundo de toda a composição, armada como contemplação dessa curiosa dança de dois seres pobres em torno do desejo, do acaso e do dinheiro.

Na imagem decisiva, que combina a elevada e nobre altivez do cisne com os movimentos baixos e sensuais da cabrita, se arma e irradia, com ritmo contraditório, o contraponto básico entre os níveis discrepantes de classe e os movimentos do desejo, a que aludem os respectivos bichos. Antecipa, desse modo, os tempos e contratempos do futuro casal, que passará, aos solavancos, da falta ao esbanjamento do dinheiro, das durezas da vida de pobre à ostentação da riqueza na festa de arromba. Nela, na verdade, arde e se espiritualiza, rarefeito e sublimado, o desejo, que é do corpo e do coração, de todo o ser, impelido, como na dança, de encontro à realidade material que tudo condiciona. Sugere, assim, pelos enlaces complexos que mantém com o restante do enredo, o embate nuclear entre o desejo e a falta, que marcará com seu ritmo dúplice a vida do casal. Ambas as coisas surgem contraditoriamente unidas na experiência do par e na ligeireza da dança, que deixa no ar o ardente desenho dos corpos enlaçados no rodopio rápido e fugaz, como o dinheiro que, vindo da roda da fortuna, arde com a febre delirante de Porfírio e se esvai com a festa final, até o simbólico apagar-se das últimas velas, acompanhando o extinguir-se da dança e da narrativa.

O verdadeiro par da dança é então o dinheiro, que falta aos dançarinos já casados e endividados no começo do conto. O ímã da sensualidade, já insinuado nos olhos de sátiro grudados aos meneios da cabrita, e a poesia do corpo volátil, que leva o espírito, acabam arrastando o par unido para a constrição do dinheiro e a paralisia da dívida, como confirmando o dito popular segundo o qual alegria de pobre dura pouco.

A resposta insólita a essa situação encalacrada é um dos grandes achados do conto, demonstrando a profundidade inesperada em que penetra por desvãos o olhar machadiano, até a complexidade ambígua dos móveis múltiplos e variáveis que podem estar na raiz do ato. É que consegue vasculhar, para nosso desconcerto, o tecido mais íntimo da realidade social brasileira junto com a alma secreta que nela habita: ressaltam então o caráter problemático, o comportamento contraditório e a complexidade do modo de ser do homem, incluindo o do homem pobre, quase nunca alvo de atenção, por parte da literatura brasileira, em toda a sua real dimensão humana. As atribulações da existência do pobre que de repente fica rico por obra do acaso – a roda da fortuna que é das poucas a poder tirá-lo da situação irremediável num quadro social imobilista como o nosso – se situam no nervo do conto, como um princípio estrutural, que, estando latente na imagem inicial desencadeadora de toda a ação, a seguir se desdobra e toma corpo nos eventos que constituem o enredo como um todo.

Com efeito, na cena inicial é a dívida de seis meses de aluguel que deixa Porfírio amofinado contra a parede, antes de ir para o trabalho em sua oficina de marceneiro. Ele, cujo nome lembra a púrpura real e a riqueza, encarna, desde logo, a preocupação contrária do dinheiro que falta e, mais tarde, esbanjará gloriosamente, ao ser bafejado pela sorte. De início, porém, a situação é aparentemente sem saída no que toca ao futuro do casal, metaforicamente emparedado e na dependência do favor improvável – o empréstimo do padrinho –, só permitindo o retrospecto. É assim que se lê a cena seguinte do encontro casual dos futuros casados, reunidos pela dança fortuita, e depois também as cenas resumidas e retrospectivas do aprendizado da dança a que se entrega Porfírio, da procura da casa e, por fim, das bodas. Aqui o dinheiro continua presente, em baixo contínuo ou em surdina, como convinha ao olhar sutil do escritor, que insinua as dificuldades da negociação pelo preço do imóvel e ao mesmo tempo a poesia dos arabescos da fachada, capazes de roubar os olhos do comprador e levá-lo a aceitar sem mais o negócio; no momento do casório, de novo os riscos do gasto excessivo e do endividamento quase arruínam as “bodas de estrondo”, salvas pelo empréstimo do padrinho de casamento, que logo se cansa de afiançar as mãos rotas do “par de malucos”.

Mas o decisivo é a espécie de plano para gastar o dinheiro que Porfírio concebe ou a que é levado em seu delírio, depois de ganhar na loteria, desenvolvendo-o quase com método, por etapas, como se empenhasse a dar cumprimento meticuloso, consciente ou inconscientemente, ao desejo nascido com a dança. Ao contrário da voz corrente que atribui ao pobre o mau uso da riqueza imprevista, malbaratada pelo gasto impensado, Porfírio parece optar pelo abuso e desbarata com entusiasmo, levando junto sua companheira de dança, os quinhentos mil réis que lhe traz o bilhete premiado. Para isso, convence a mulher, com hábil argumentação – os argumentos são enumerados de sua perspectiva, por meio do estilo indireto livre, e não se sabe até que ponto está tratando de convencer-se a si mesmo da própria ilusão –, a aceitar, primeiro, o vestido de seda caro e, depois, o pagode, que logo vira festa de estrondo, capaz de dar o que falar e ficar na memória do povo. Esse projeto à primeira vista mirabolante, no qual se pode suspeitar aquele grão de sandice ou a ideia fixa tão comum nas personagens machadianas, irá culminar em febre ou delírio (são estas as palavras empregadas para descrevê-lo no ato) da festa final, cujo intuito último é fazer arder prazerosamente na dança o que lhes trouxe a fortuna. A dança, que estava no começo, volta no fim, deixando o casal sem dívida, mas também sem níquel, no mesmo círculo da pobreza de sempre.

Ora, o aparente delírio pode muito bem revelar, na verdade, a Porfírio sua condição real frente ao trabalho alienado, pois parece perceber na realização livre do desejo, para além da estrita necessidade, algo que o põe de fato além da condição do escravo, a que não quer e teme se reduzir, uma vez reduzido seu universo de aspirações. De algum modo, o artesão passa verdadeiramente a autor de seu destino e do de Glória, ao dar cumprimento ao que deseja para além do mero ganha-pão. É o que diz à mulher no momento que precede a festa, quando tenta convencê-la da importância de realizá-la, depois de enumerar razões ou racionalizar o delírio.

Assim, o conto vai desembocar num desenlace paradoxal, que se desvia do alvo aparentemente visado pela ironia machadiana, a que, de início e em meio a dúvidas quanto ao comportamento de Porfírio, parece ser conduzido também o olhar do leitor. Quase todo o tempo permanecemos à espera da catástrofe do esbanjador ou da quebra realista de seu mundo ilusório, que afinal não vem. A paródia realista da ilusão romanesca não ocorre no conto. É que, ao invés da história de um perdulário contumaz e patético, que sempre malgasta irresponsavelmente o que possui, sem conseguir escapar do círculo vicioso que o aferra à pobreza, nos defrontamos talvez com um homem que escolhe livremente o ato que o redime da sujeição degradante. Sujeição a um esforço que o afasta de si mesmo, roubando-lhe a própria substância humana. Fiel a si mesmo e ao desejo, Porfírio se entrega mais uma vez à dança, cuja ardência tudo consome até o raiar do dia.

A ironia de *Terpsícore* parece voltar-se, portanto, não contra as ilusões do desejo, mas contra os grilhões de ferro que impedem o homem, para dizê-lo com a imagem do conto, de dançar livremente, aferrando-o aos limites da necessidade estrita de sobrevivência e, no extremo, ao trabalho escravo. Dois anos antes da abolição, foi escrita provavelmente essa história. Passado um século, não se extinguiram as velas e a dança, cuja chama ambígua, mas perene, se alimenta do teor de verdade humana que a obra de arte resguarda das contingências da história. E, infelizmente, tampouco se extinguiu a pobreza: estão mais vivas que nunca a complexidade, a ousadia e a força da ficção machadiana.

Sobre Machado de Assis

Machado de Assis nasceu no Rio de Janeiro, em 21 de junho de 1839. De família humilde, filho de mãe açoriana e pai brasileiro neto de escravizados, desde bem jovem revelou seu talento para a literatura. Em 1864, lançou um primeiro livro de poesias, *Crisálidas*, que já evidenciou sensibilidade e domínio fino de linguagem.

Posteriormente, dedicou-se à prosa, em especial ao romance, publicando *Ressurreição* em 1872. Foi, porém, com obras-primas como *Dom*

Casmurro e *Memórias póstumas de Brás Cubas* que Machado de Assis se firmou como um dos maiores escritores da literatura mundial, reconhecido por sua crítica social e pela construção psicológica das personagens.

Em 1897, foi eleito presidente da Academia Brasileira de Letras, cargo que ocupou por mais de uma década. Machado de Assis faleceu em 29 de setembro de 1908, aos 69 anos, deixando um legado literário incomparável: ainda hoje sua obra é fundamental tanto para estudos da literatura brasileira quanto para a compreensão da formação social e cultural do país.

Sobre Larissa de Souza

Artista autodidata, nasceu em São Paulo, em 1995, e iniciou sua trajetória criança, inspirada pelos grafites e murais das ruas da cidade. Sem formação acadêmica ou referências artísticas na família, começou desenhando com o que tinha à disposição: esmalte, maquiagem, qualquer material que trouxesse cor.

Sua obra parte de um lugar profundamente pessoal, atravessada por memórias, ancestralidade e vivências das mulheres negras e nordestinas da sua família. Explora temas como o ambiente doméstico e a infância marcada por despejos e ocupações. Pintar, para ela, é também uma forma de acessar sentimentos, e dar vida a esse conto de Machado de Assis – autor que a encantou ainda na escola – foi um processo desafiador e intuitivo.

Sobre Davi Arrigucci Jr.

Davi Arrigucci Jr. nasceu em São João da Boa Vista, em 1943. Professor livre-docente aposentado de teoria literária e literatura comparada na Faculdade de Filosofia, Letras e Ciências Humanas da Universidade de São Paulo (FFLCH-USP), graduou-se em letras pela mesma universidade, onde obteve o título de doutor, em 1972. Ensaísta e crítico literário, é autor de livros essenciais sobre literatura brasileira e hispano-americana.

Entre suas principais obras, destacam-se *Achados e perdidos* (1979), vencedor do prêmio Jabuti de melhor livro de ensaios em 1979, e *Enigma e comentário* (1987), um de seus trabalhos mais influentes.

Direção-geral Ivana Jinkings
Edição Thais Rimkus
Coordenação de produção Juliana Brandt
Assistência de produção Livia Viganó
Revisão Marcela Sayuri
Projeto gráfico e capa Maikon Nery
Educação Thais Caramico

CIP-BRASIL. CATALOGAÇÃO NA PUBLICAÇÃO
SINDICATO NACIONAL DOS EDITORES DE LIVROS, RJ

A866t
Assis, Machado de, 1839-1908
Terpsícore / Machado de Assis ; ilustração Larissa de Souza. - 1. ed. - São Paulo : Boitatá, 2025.
il.

ISBN 978-65-5717-521-7
1. Ficção. 2. Contos brasileiros. I. Souza, Larissa de. II. Título.

CDD: B869.3
25-100341.0 CDU: 82-34(81)

Carla Rosa Martins Gonçalves - Bibliotecária - CRB-7/4782

1ª edição: outubro de 2025

10 anos boitatá

Jinkings Editores Associados Ltda.
Rua Pereira Leite, 514
05442-000, São Paulo (SP)
Tel.: (11) 3875-7250 | 3872-6869
contato@editoraboitata.com.br
boitata.com.br
editoraboitata | editoraboitata

Para conhecer mais sobre o livro e as possibilidades da história, acesse o PDF Caminhos de Leitura neste código QR.

Capa da primeira edição lançada pela Boitempo, com ilustrações de Laura Cardoso Pereira.

Este conto foi publicado pela primeira vez em livro pela Boitempo, em 1996. Quase trinta anos depois, em comemoração aos dez anos de Boitatá, relançamos *Terpsícore*. Composto em Tisa Pro, corpo 10,5/18, foi impresso em papel Pólen Bold 90 m/g² pela Leograf, com tiragem de mil exemplares.